# 울지 마라
# 아내여

나태주

아내를 위한 시집

# 울지 마라
# 아내여

푸른길

책 제목이 그만 슬프게 되어 버렸다. 그러나 언제고 한 번은 해야 할 말이 아닐까 싶어 더 늦기 전에 해 버리고 말았다. 세상 떠나는 날 그래도 가장 보고지운 사람, 제일로 두고 가기 안타까운 사람은 아내가 아닐까 싶다.

아내는 그냥 여자와는 다르다. 우선 그는 인생의 동행인이며 삶의 동지이며 가족이며 아이들의 모친이다. 더 나아가 나의 보호자이며 내가 마지막 기댈 언덕이기도 하다. 말하자면 특별하고 특별한 사람이다.

자주 나는 '물보다 진한 것은 피이고 피보다 진한 것은 시간이다.'라고 말을 한다. 여기서 피보다 진한 시간을 가장 오래 함께 나눈 사람이 바로 아내다. 부모도 자식도 친구도 여늬 여인들도 아내의 그것들을 대신해 줄 수는 없는 노릇이다.

기왕에 나는 그동안 좋아했던 여인들을 주제로 시 선집을 한 권 묶은 바 있다. 거기서 나는 아내에 관한 시편들은 제외시켰다. 그리고는 새롭게 별권으로 책을 마련한다. 아내에 대한 예의요 신의요 또 의무다.

　망해가는 왕국이여
　끝내 내가 지켜야 할 그 나라의 영광이여.

　다시금 나는 아내가 알아들을 수 없는 말로 아내에게 말을 한다.

차 례

## 2부 ___

## 3부 ___

**부록** ___ 아내, 김성예의 글

1부

# 울지 마라 아내여 • 2

여기서도 좋았으니
거기서도 좋을 것이라고
믿자

여기서 힘들었지만
거기서는 힘들지 않을 것이라고
생각하자

힘들었어도 겨우
견뎌 낼 만큼 힘들었음을 먼저
감사해야지

지나고 나면 그 또한
좋은 일이었노라 향기가 되었음을
잊지 말자

그러하다
우리는 충분히 향기롭게 살았고
이제 향기롭게 떠나는 거다

나 떠나는 날 울음 대신
예쁜 목소리로 내가 지은 시를
읽어 주든지

간절하고도 또 간절한 마음으로
하늘 향한 노래를
불러다오

그 시에 등 밀려서 두둥실
그 노래의 강물에 떠서 기우뚱
나 가야 할 먼 나라로 가고 싶다.

# 울지 마라 아내여 • 1

울지 마라 아내여
세상에 나 없다고
울지 말아라
언제까지나 우리가
같은 하늘 같은 세상
살 수는 없지 않느냐

그렇지만 아내여
함께 해온 많은 날들
어찌 우리가 잊을 수 있겠느냐
많은 날들 하나같이 눈물겹고
찬란하여 무지갯빛
고맙고 고마웠구나

서툴게 시작한 우리들
2인 3각 경기
넘어지고 자빠지고
때로는 아웅다웅 다투고

울다가 돌아서서 쑥스럽게
웃기도 했지

어쩌면 인생살이
좋은 일만 바랐으랴
더러는 힘겹기도 하고
소태같이 쓰디쓴 날들
지나고 보면 그 또한 좋았다
좋았다고 말을 하느니

나 없이는 세상일
그 무엇도 겁을 먹는 아내여
어찌하면 좋으랴
그대 두고 가는 길
그렇지만 너무 많이 힘들어하고
너무 많이 울지는 말아라.

# 아내는 이런 사람이다

날마다 묵은 음식을 새 음식처럼
차려 주는 사람 어디 있을까?
사철을 두고 봄 여름 가을 겨울
헌 옷을 새 옷처럼 챙겨 주는 사람 어디 있을까?

어젯밤엔 아내가 먼저 세상 떠난 뒤
혼자 살 수 없어 새 여자 만나 선을 보는 꿈을 꾸었다
하도 답답하여 여보 여보, 이런 때는 나 어떡하면 좋지?
보이지 않는 아내를 불러 물어보고 싶었다

아내여 아내여
세상에 와 나에게 가장 큰 행운은
내가 당신의 남편이 된 일입니다.

# 완성

집에 밥이 있어도 나는
아내 없으면 밥을 먹지 않는 사람

내가 데려다 주지 않으면 아내는
서울 딸네 집에도 가지 못하는 사람

우리는 이렇게 함께 살면서
반편이 인간으로 완성되고 말았다.

# 당신 안의 그 여자

사람 바빠 죽겠는데
열심히 집안일하고 있는데
뜬금없이 전화를 거시는 당신

지금 창밖에 눈이 날리고 있다고
꽃이 피어났다고
더러는 달이 떴다고
전화로 불러내시면
날더러 어쩌란 말인가요?

지금 설거지하고 있는 중인데
김치를 썰고 있는 중인데
마음이 울적하다고
보고 싶다고 자꾸만 보채시면
날더러 어쩌라는 건가요?

부디 당신 안의 그 여자와

사이좋게 잘 지내기 바래요

자주 울적하고 자주 쓸쓸하고

자주 울먹거리는 변덕쟁이 그 여자

새파란 입술을 가진 그 여자와

봄이 와도 울지 말고 쓸쓸해하지 말고

부디 잘 살기 바래요.

# 공깃돌

아내의 공깃돌은 세 개
남편이란 공깃돌과 아들이라는 공깃돌과 딸이라는 공깃돌
세 개만 가지고 놀아도 심심한 줄 모르고 쓸쓸한 줄 모른다
기도할 때도 그 세 개의 공깃돌 이름만 부른다
비하여 나의 공깃돌은 손꼽을 수도 없을 만큼 여러 개
그래도 나는 때로 외롭다 슬프다 말하는 사람
세 개의 공깃돌만 가지고서도 쓸쓸해하지 않고
슬퍼하지도 않는 아내가 나는 부럽다.

# 아내 • 4

으슬으슬 이렇게 추운 나이에
누가 나 같은 사람과 함께 살아 주고
밥 해 주고
빨래까지 해 주겠나!

차라리 그는
하나의 소슬한 역사
아름다운 종교다.

# 아내 없는 날

공연스레 허둥댄다
집 안이 갑자기 더 커진 것 같고
하루해가 더 긴 것 같다
엉뚱한 짓을 하기도 한다
몸에 좋지 않다는 라면을
끓여 먹는 날도 이런 날이다.

# 두 여자

한 여자로부터
버림받는 순간
나는 시인이 되었고

한 여자로부터
용납되는 순간
나는 남편이 되었다.

# 개밥

올해 내 나이 68세
아내는 64세

나는 아내가
밥을 줄 때만 좋아하고

아내는 내가 용돈을
줄 때만 좋아한다

그런 우리는 서로
개밥을 준다고 말을 한다.

# 무밥

올해처럼 눈이 많이 내리는 겨울이 있었을까?

아침에도 눈 오고 점심에도 눈 오고 저녁에도 눈 온다
어제도 그러했고 그제도 그러했고 아마도
내일도 그러할 것이다

해를 구경하지 못하고 저무는 날 저녁
세상이 모두 귀가 먹은 듯 적막하고 쓸쓸하여
아내더러 무밥을 좀 해 먹자고 청한다
진잎밥도 좋고 시래기밥도 좋다고 말한다

어쨌든 금방 솥에서 퍼내어 질퍽질퍽한 무밥
뜨끈뜨끈 김이 오르는 무밥
그 슴슴한 무밥을 들기름 넣고 간장 넣고
수저로 척척 비벼 먹는다면 얼마나 좋을까?

조금쯤 적적한 마음 쓸쓸한 세상도
헐해질 것만 같아서다.

# 등판

저녁에 아내 사워하면서 모처럼 등 좀 밀어달라고 그래, 등 밀어 주면서 보았더니 글쎄, 어느 사이 이리도 많은 점들이 나도 모르는 사이 늘어났더란 말이냐? 아내의 몸 가운데 제일로 잘 생기고 실하고 보기 좋은 등판. 후덕하고 너그러운 등판. 기대어 오랫동안 울어도 좋을 듯싶은 등판. 거기에 글쎄 콩명석에 콩 널어놓은 듯, 팥 널어놓은 듯, 크고 작은 점들이 새로 생겨 빼꼼히 눈을 뜨고 나를 바라보고 있을 줄이야! 아내 등판에 돋아난 까뭇까뭇한 별들을 바라보면서 나는 그래도 사워할 때 자주자주 등이라도 밀어 주어야겠다고 생각해 본다. 하지만 당분간 아내에게는 등판에 점들이 늘었다는 말은 비밀로 하기로 한다.

# 아내에게 말한다

아침에 잠 깨어 밥 잘 먹었으니
점심때까지 잘 살아 봅시다
될수록 좋은 말하며 좋은 생각하면서

점심때 되거든 또 점심밥 잘 먹고
저녁때까지 잘 살아 봅시다
하루해가 무사히 지는 것 감사하면서.

# 일상사

아이들 일로 말다툼한 날
아내
부엌에서 그릇 딸그락거리는 소리
크게 들린다
냉장고 문 여닫는 소리
더욱 크게 들린다
예전에도 그것은 오래오래 그러했고
오늘도 그렇고
내일도, 또 내일도,
그럴 것이다.

# 개처럼 • 2

새벽에 깨어 서너 시간 글 쓰고
동이 틀 무렵 다시 자리에 누워
늦잠이 들고 말았다

아마도 죽은 듯 꼼짝 않고 자고 있었을 것이다
자다가 부시시 눈을 떠 보니
누군가 옆자리에 앉아 있는 사람 있었다

의아한 마음으로 고개를 돌려 보니 거기
안방 침대에서 자고 있던 아내가
잠 깨어 앉아 있는 게 아닌가!

당신 왜 거기 그렇게 앉아 있는 거야?
당신이 안 일어나길래 여기 이렇게
개처럼 앉아 있는 거예요

개처럼?
우리는 또 그 '개처럼'이란 말에
마주 보며 웃을 수밖에 없었다.

# 개처럼 • 1

아침 밥상에 모처럼
익힌 꽃게가 한 마리 통째로 올라와 있었다
꽃게가 담긴 접시를 들고 식탁의
구석진 자리 의자에 가 앉았다
왜 귀퉁이에 들어가 앉고 그래요?
응, 어렸을 때부터 맛있는 것이 있으면
구석진 곳에 가서 먹었거든
개처럼?
비유가 좀 그렇다!
우리는 마주 보며 모처럼 크게 웃었다.

# 풍경

이 그림에서
당신을 빼낸다면
그것이 내 최악의 인생입니다.

# 꿈 깨어 쓰다

우리 더 많이 늙고
그때도 사랑한다면
손을 맞잡고 남쪽 바다
조그만 섬을 찾아 여행을 떠나요
가서 새 하늘 새 바람과 만나요

우리 더 많이 세월 보내고
그때도 사랑한다면
언덕 위의 찻집 하나
넓은 유리 창가에서 둘이 만나요
따뜻한 홍차를 함께 마셔요

살아오면서 좋았던 일
섭섭했던 일
이런저런 일들을
이야기해요.

# 그 날 이후

병원에 다녀온 뒤 몸이 더 작아졌고
직장을 그만둔 뒤 마음이 더 작아졌다

날마다 집에서만 지내다가
가끔은 아내 따라 시장에도 간다

아내가 생선을 사면 그것을 들고 다니고
아내가 잔치국수를 먹자 그러면 잔치국수를 먹는다

잔치국수 값은 2천 5백 원
오늘은 이것으로 배가 부르다.

# 몽당연필

초등학교 선생 할 때
아이들 버린 몽당연필들
주워다 모은 게 한 필통 가득이다

상처 입고 망가지고
닳아질 대로 닳아진 키 작은 녀석들
글을 쓸 때마다 곱게 다듬어
볼펜 깍지에 끼워서 쓰곤 한다

무슨 궁상이냐고
무슨 두시럭이냐고 번번이
핀잔을 해대는 아내

아내도 나에겐 하나의 몽당연필이다

많이 닳아지고 망가졌지만

아직은 쓸모가 남아 있는 몽당연필이다


아내 눈에 나도 하나의

몽당연필쯤으로 보여졌으면

싶은 날이 있다.

# 기왕지사

안방 침대에서 자는 아내
기침하는 소리가 들리는 것 같아
문간방에서 청지기로 이불 깔고 자던 나
물이라도 좀 가져다주어야지 생각하며 일어났다가
기침 소리 멈춘 것 같아 기왕지사
잠을 깬 김에 불 켜고 앉아 책 읽자 그러고 있는데
이번에는 오줌 누러 일어난 아내가 내 방문 열고
잠 안 자고 오밤중에 이게 뭣하는 짓이여!
핀잔 한 자루 질펀하게 퍼질러 놓고 안방으로
자던 잠 이어서 자러 비틀걸음으로 가는 것이었다.

# 딸그락 각시

우리 집사람은 딸그락 각시
아침에도 딸그락
점심때도 딸그락
틈만 나면 부엌에서
딸그락거려요

밥하고 나물 삶고
찌개 끓이고 그릇 챙기고
설거지하고
그리고도 남는 시간은
남은 밥 모아 가스레인지에
누룽지도 만들어요

딸그락 딸그락
점심에도 딸그락
저녁때도 딸그락
딸그락 딸그락 소리 들으며
오늘도 하루해 날이 저물어요.

# 잡은 손

손을 잡는다 한 사람이
또 한 사람의 손을 잡는다

나이 들어 쭈글쭈글해진 손
핏기 없는 손

그동안 애 많이 쓰시었소
조금만 더 우리 손을 놓지 맙시다

유리창 밖 산들도 눈을 맞고 있다
나무들도 옷을 벗은 지 오래다.

# 해동갑

날씨가 너무 좋아 못 견디겠다
아내가 집을 비운 날
이웃집 아낙들이랑 깻잎 따러 간 날

아무래도 먼 곳에서
소식 없던 사람이라도
찾아올 것만 같아

찻잔을 닦아 놓고
찻물을 받아 놓고
기다리다가 까치발로 서성이다가

아무도 찾아오는 이 없어
혼자서 해동갑
해동갑으로 그만 날이 저문다.

# 희망

날이 개면 시장에 가리라
새로 산 자전거를 타고
힘들여 페달을 비비며

될수록 소로길을 찾아서
개울길을 따라서
흐드러진 코스모스 꽃들
새로 피어나는 과꽃들 보며 가야지

아는 사람을 만나면 자전거에서 내려
악수를 청하며 인사를 할 것이다
기분이 좋아지면 휘파람이라도 불 것이다

어느 집 담장 위엔가
넝쿨콩도 올라와 열렸네
석류도 바깥세상이 궁금한지
고개 내밀고 얼굴 붉혔네

시장에 가서는
아내가 부탁한 반찬거리를 사리라
생선도 사고 채소도 사 가지고 오리라.

# 수호천사

오래 전부터 아내는 우울증 환자였다
내가 병원을 다녀오고 나서 더 심해졌다
약으로도 잘 다스려지지 않는다
그렇게 1년을 넘긴 어느 날
누구에게 들었는지 아내는 말했다
우울증이 나으려면 가족 가운데 한 사람
수호천사가 있어야 한대요
무슨 말이든 들어 주고 무슨 일이든 도와 주고
언제나 웃는 얼굴로 대해 주는 천사가
있어야 한대요
이제부터는 당신이 천사가 되어 주어야 해요
천사? 날더러 천사가 되라고?
그 뒤부터 아내는 아예 날더러 천사라고 불렀다
이봐요 천사, 이것 좀 도와 주세요
그런데 참으로 놀라운 일이 일어나는 것이었다
아내가 날더러 천사라 부르기 시작하면서
아내가 조금씩 달라지는 것이었다
다시 예전의 그 순하고 느긋하고 편안한

사람으로 돌아가기 시작하는 것이었다

아 그렇군요 제가 그동안

천사하고 살았었군요

아내가 바로 아내의 수호천사였다.

# 아직은 아니다

아직은 아니다

내 곁에 아내 있고
아내 곁에 내가 있으니
이 얼마나 다행스런 일일까 보냐

진땀 흘리며 자고 일어난 아침
눈을 떠 보니 눈부신 햇빛 향기론 바람
이 얼마나 감사론 일일까 보냐

지금쯤 어느 산골 마을
나무 섶 울타리를 타고 올라가
진한 바다 물빛 나팔꽃은
피어 웃기도 할 것이다

그렇다!
아직은 아니다.

# 아내 • 3

이 지푸라기 머리칼을
언제 또 쓰다듬어 주나?

짧은 속눈썹의 이 여자 고요한 눈을
언제 또 들여다보나?

작아서 귀여운 코
조금쯤 위로 들려 올라간 입술

이 지푸라기 머리칼을 가진 여자를
어디 가서 다시 만나나?

# 너무 그러지 마시어요

너무 그러지 마시어요. 너무 섭섭하게 그러지 마시어요. 하나님, 저에게가 아니에요. 저의 아내 되는 여자에게 그렇게 하지 말아 달라는 말씀이에요. 이 여자는 젊어서부터 병과 더불어 약과 더불어 산 여자예요. 세상에 대한 꿈도 없고 그 어떤 사람보다도 죄를 안 만든 여자예요. 신장에 구두도 많지 않은 여자구요, 장롱에 비싸고 좋은 옷도 여러 벌 가지지 못한 여자예요. 한 남자의 아내로서 그림자로 살았고 두 아이의 엄마로서 울면서 기도하는 능력밖엔 없는 여자이지요. 자기 이름으로 꽃밭 한 평, 채전밭 한 귀퉁이 가지지 못한 여자예요. 남편 되는 사람이 운전조차 할 줄 모르는 쑥맥이라서 언제나 버스만 타고 다닌 여자예요. 돈을 아끼느라 꽤나 먼 시장 길도 걸어다니고 싸구려 미장원에만 골라 다닌 여자예요. 너무 그러지 마시어요. 가난한 자의 기도를 잘 들어 응답해 주시는 하나님, 저의 아내 되는 사람에게 너무 섭섭하게 그러지 마시어요.

## 화답시

너무 고마워요, 남편의 병상 밑에서 잠을 청하며 사랑의 낮은 자리를 깨우쳐 주신 하나님, 이제는 저이를 다시는 아프게 하지 마시어요. 우리가 모르는 우리의 죄로 한 번의 고통이 더 남아 있다면, 그게 피할 수 없는 우리의 것이라면, 이제는 제가 병상에 누울게요. 하나님, 저 남자는 젊어서부터 분필과 함께 몽당연필과 함께 산, 시골 초등학교 선생이었어요. 시에 대한 꿈 하나만으로 염소와 노을과 풀꽃만 욕심내 온 남자예요. 시 외의 것으로는 화를 내지 않은 사람이에요. 책꽂이에 경영이니 주식이니 돈 버는 책은 하나도 없는 남자고요. 제일 아끼는 거라곤 제자가 선물한 만년필과 그간 받은 편지들과 외갓집에 대한 추억뿐이에요. 한 여자 남편으로 토방처럼 배고프게 살아왔고, 두 아이 아빠로서 우는 모습 숨기는 능력밖에 없었던 남자지요. 공주 금강의 아름다운 물결과 금학동 뒷산의 푸른 그늘만이 재산인 사람이에요. 운전조차 할 줄 몰라 언제나 버스만 타고 다닌 남자예요. 승용차라도 얻어 탄 날이면 꼭 그 사람 큰 덕 봤다고 먼 산 보던 사람이에요. 하나님, 저의 남편 나태주 시인에게 너무 섭섭하게 그러지 마시어요. 좀만 시간을 더 주시면 아름다운 시로 당신 사랑을 꼭 갚을 사람이에요.

— 〈엄마는 생각쟁이〉, 2008.8

# 부탁 • 2

너무 멀리까지는 가지 말아라
사랑아

모습 보이는 곳까지만
목소리 들리는 곳까지만 가거라

돌아오는 길 잊을까 걱정이다
사랑아.

# 부탁 • 1

너무 많이 울지 말아요
서러워 말아요

엄마의 손에 이끌린 어린아이가
꽃길을 걸어와 꽃길을 잊어버리듯

이런 저런 기억들을
부디 잊어버리기 바래요

눈물이나 슬픈 생각보단
아름다운 노래를 들려주어요.

# 부부 • 2

오래고도 가늘은 외길이었다

어렵게, 어렵게 만나 자주
다투고 울고 화해하고 더러는
웃기도 하다가 이렇게 늙어 버렸다

고맙습니다.

# 부부 • 1

겨우 겨우 두 마리 짐승이 되다

마주 누워 머리칼을 쓰다듬어 주기도 하고
거꾸로 누워 맨발바닥을 주물러 주기도 하고
잠을 잘 때도 마주 잡은 손 쉬이 놓지 못한다

겨우겨우 짐승이 사람보다 윗질인 것을
알게 되다.

# 비원

절대로 나는 혼자서는 집으로
돌아가지 않을 겁니다

이것은 못나고 못 배운 시골 아낙일 따름인
우리 아내의 기도

하나님, 한 번도 저 아낙의 기도를
거절하지 않으신 하나님
이번에도 꼭 들어 응답해 주실 줄 믿나이다.

# 울던 자리

여기가 셋이서 울던 자리예요
저기도 셋이서 울던 자리예요
그리고 저기는 주저앉아
기도하던 자리고요

병원 로비에서
복도에서
의자 위에서
그냥 맨바닥 위에서

준비 안 된 가족과의 헤어짐이
너무나도 힘겨워서
가장의 죽음 앞에 한꺼번에 무너져서

여러 날 그들은
비를 맞아 날 수 없는
세 마리의 산비둘기였을 것이다.

# 빚

원수지간이라고
뒷걸음치다가 똥을 밟은 꼴이라고
그렇지 않고서는 어찌 두 달, 석 달, 넉 달
병원 간병인용 쪽침상에서
웅크린 짐승처럼 지낼 수 있겠느냐고
울먹이는 아내

아내여, 우리 다른 세상에서는
절대로 만나지 말기로 하자
만난다 하더라도 눈빛도 맞추지 말고
스쳐버리기로 하자

그렇지만 아내여
또 다른 세상에서 만나지 못한다면
이토록 높다랗게 쌓인 빚 덩이
어찌 다 덜어 낼 수 있단 말이냐…….

2부

# 나는 아직도 아내가 그립다

아내는 안방에서 혼자 자고
나도 문간방에서 혼자 잔다
혼자 자면서 가끔 아내와 함께
잠드는 것을 꿈꾸곤 한다
좀 더 따뜻할 거야
사람의 숨소리도 가깝게 들을 수 있을 것이고
밤마다 악몽에 시달리지 않아도 좋을 것이야
무엇보다도 시린 발이 덜 시려서 좋을 거야
그러나 그것은 밤마다 수포로 돌아가는 소망일 따름,
아내의 꿈에 들어가 놀다 오면 얼마나 좋을까
아내도 나의 꿈속으로 들어오면 얼마나 좋을까
나는 아직도 아내를 그리워하며
잠자리에 들곤 한다.

# 관객을 위하여

나는 늘 주인공이었다
아니, 주인공이고 싶었다
주인공이 아닐 때도 구경꾼이기를 거부하고
주인공이려고 노력했다
관객은 언제나 넘쳐났다
결혼을 한 뒤에는 우선 아내가 관객이었고
아이들이 관객이었다
한 번도 주인공을 바라보며 살아야 하는
관객의 외로움이나 고달픔 같은 건
생각해 보려고 하지 않았다
오히려 그건 당연한 것이 아니냐는 생각이었다
그러나 이제 아이들 자라고 결혼도 하고
43년이나 타고 온 기나긴 교직열차에서도 하차하려고 하니
내가 결코 끝까지 주인공일 수는 없는 일이구나
그동안 나 하나만의 일인극을 줄기차게 바라보아 준 사람들
그 누구보다도 아내의 고달픔이나 외로움이
얼마나 컸을까, 짐작된다
관객의 외로움, 그것이 이제는 내 몫으로 떨어지다니……
이 염치없음이여! 어이없음이여!
두려움이여!

# 그냥 준다

모처럼 맘에 드는 시 한 편 써지면
안방에 있는 아내 불러 만 원씩 원고료로 준다
지갑에 만 원밖에 없을 때도 그 만 원 빼서 준다
서울서 출판사나 잡지사 젊은 여기자나 편집자 찾아왔다가
돌아갈 때도 만 원씩 새 돈으로 골라서 준다
가다가 배고프거든 국수 사 먹고 집에 들어가라고 만 원씩 준다
그냥 준다.

# 차거지

거지는 남들한테 밥을 얻고 옷가지를 빌리고
때로는 잠자리를 빌린다
나는 거지가 아니므로 남들한테 밥을 구걸하지도 않고
옷가지를 빌리지도 않고 잠자리를 빌리지도 않는다
당연한 일이다
고마운 일이다
그러나 딱 한 가지 차가 없으므로 사람들한테 차를 자주 빌리
며 산다
물론 차비를 내지만 시내버스를 빌리고 직행버스를 빌리고
택시를 빌리고 때로는 자가용차도 빌리며 산다
이런 나를 보고 집사람은 차거지라 부른다
차거지? 거 첨 들어 보는 말인데?
그렇다 해도 어쩔 수 없는 일이다
차거지의 아내로 살 수밖에 없는 아내한텐 조금 미안한 일이
지만
나는 차거지로 사는 날들이 그냥 좋다
앞으로도 고칠 생각은 별로 없다.

# 가을 흰구름 아래

힘겹게 다시 열린 넓고 푸른 가을하늘,
높이 걸린 흰구름 보며 생각한다
나는 그동안 무엇을 위해 살아왔나?
내가 이루고 싶었던 것들은 과연 무엇이었을까?

학교에 들어가 공부하며 칭찬받는 아이?
직장에 취직하여 돈 벌고 승진하는 어른?
예쁘고 마음씨 고운 여자하고 결혼하여
아이 낳아 기르며 가끔은 부부싸움도 하는 남편?

아니라고, 그것은 아닐 것이라고 흰구름이
보일 듯 말 듯 고개를 흔들어 준다

그렇다면 좋은 아파트 사서 이사하는 것?
친한 친구들과 만나 크게 떠들며 웃으며
밤새워 술 마시는 것?
낯선 나라로 커다란 가방 들고 여행 떠나는 것?

이번에도 흰구름은 아닐 거라고, 다시
생각해 보라고 고개를 주억거려 준다

모르겠다, 나에게 정말 필생의 사업은 무엇이었을까?
그것은 내가 믿었던 대로 시인이 되어 이름을 내고
여러 권의 책을 만드는 것이었다고 말해 줘도
흰구름은 분명 아니라고, 아닐 것이라고
조그맣게 웃음 지어 줄 것만 같다.

# 패착

모처럼 집에서 쉬는 날
안방에서 들려오는 아내의 잔기침 소리
가끔은 문 여닫는 소리
쌀을 씻기도 하고 물을 쏟기도 하는 소리
하루 종일 전화 한 통화 걸려 오는 일도 없이
소리의 수풀에 갇힌 날
1년이 흘러가기는 하루 같은데
하루를 보내기는 또 1년과 같다.

# 사랑

목말라 물을 좀 마셨으면 좋겠다고
속으로 생각하고 있을 때
유리컵에 맑은 물 가득 담아
잘람잘람 내 앞으로 가지고 오는

창밖의 머언 풍경에 눈길을 주며
그리움의 물결에 몸을 맡기고 있을 때
그 물결의 흐름을 느끼고 눈물
글썽글썽한 눈으로 나를 바라보아 주는

어떻게 알았을까, 그는
한 마디 말씀도 이루지 아니했고
한 줌의 눈짓조차 건네지 않았음에도.

# 시계에게 밥을 먹인다

한밤중에 깨어 괘종시계의 태엽을 감는다
이런, 이런, 태엽이 많이 풀렸군
중얼거리며 양쪽 태엽을 골고루 감는다
어려서 외할머니는 괘종시계 태엽을 감는 것을
시계에게 밥을 준다고 그랬다
이 시계는 아내보다도 먼저 나한테 온 시계다
결혼하기 전 시골 학교에 시계 장수가 왔을 때 월부로 사서
고향집 벽에 걸었던 시계다
우리 집에도 괘종시계가 다 생겼구나!
아버지 어머니 보시고 좋아하셨다
오랜 날, 한 시간마다 한 번씩 하루에 스물네 번
그 둥글고도 구슬픈 소리를 집 안 가득 풀어놓곤 했었다
어려서 외할머니는 시계가 울릴 때마다 시계가
종을 친다고 말씀하곤 했었다
시계 속에 종이 하나 들어 있다는 것을 나는 결코 의심할 줄 몰
랐다
그러나 이 시계 고향집 벽에서 내려지고 오랫동안
헛방에 쑤셔 박혀 있었다

아무래도 안 되겠다 싶어 몇 해 전 우리 집으로 옮겨 온 뒤
다시 나하고 함께 살게 되었다
친구야, 밥이나 많이 먹어 밥이나 많이 먹어
새벽에 잠깨어 중얼거리며 시계에게 밥을 먹인다.

# 대화

우리 딸아이보다 더 예쁜
여자아이를 이적지 본 적이 없어요
그건 나도 그래요

어느 날 딸아이 어렸을 적
사진 꺼내 놓고 아내와 내가
구시렁 구시렁.

# 평화

어느새 이렇게 늙은 사내 되어 나
유리 창가에 혼자 앉아서
푸성귀 다듬는 아내를 바라보고 있다
그도 역시 늙은 아낙
봄날도 이른 봄날
하루 가운데서도 저녁 무렵 한때.

# 해찰

늙으신 부모님 앓고 계시다는 것도 모른 채
너무 오래 술집에 앉아 있었던 거다
병든 아내 집에서 기다리고 있다는 것도 잊은 채
너무 오래 외간아낙들과 노닥거리고 있었던 거다

아니다 저승에서 잠시 다녀오마 인사하고 떠나온 우리
훌쩍 하루치의 여행길에 나서듯 떠나온 우리
이승에 와 애기 노릇하다가 학생 노릇하다가 자라서
시집가고 장가가고 어른 되어
다시 아이들 낳아 기르다가 이제
이렇게 노년의 나이가 되어 버린 거다

떠나온 지 너무 오래 되어서 어쩌나?
돌아갈 길을 잊어 버려서 어쩌나?
이쪽에서 아옹다옹 너무 사납게 사느라고
생각나지 않는 저쪽 사람들 얼굴
저쪽 사람들과 있었던 이야기며 약속들
까맣게 떠오르지 않아 어쩌나?

아무튼 우리는 지금 너무 오래

열심히 살고 있는 거다

엉뚱한 짓들에 한눈을 팔며 너무 오래

이곳에서 해찰부리고 있는 거다.

# 화이트 크리스마스

크리스마스 이브
눈 내리는 늦은 밤거리에 서서
집에서 혼자 기다리고 있는
늙은 아내를 생각한다

시시하다 그럴 테지만
밤늦도록 불을 켜 놓고 손님을
기다리는 빵 가게에 들러
아내가 좋아하는 빵을 몇 가지
골라 사들고 서서
한사코 세워 주지 않는
택시를 기다리며
20년하고서도 6년 동안
함께 산 동지를 생각한다

아내는 그동안 네 번
수술을 했고
나는 한 번 수술을 했다
그렇다, 아내는 네 번씩
깨진 항아리이고 나는
한 번 깨진 항아리이다

눈은 땅에 내리자마자
녹아 물이 되고 만다
목덜미에 내려 섬뜩섬뜩한
혓바닥을 들이밀기도 한다

화이트 크리스마스
크리스마스 이브 늦은 밤거리에서
한 번 깨진 항아리가
네 번 깨진 항아리를 생각하며
택시를 기다리고 또
기다린다.

# 가족사진

아들이 군대에 가고
대학생이 된 딸아이마저
서울로 가게 되어
가족이 뿔뿔이 흩어지기 전에
사진이라도 한 장 남기자고 했다

아는 사진관을 찾아가서
두 아이는 앉히고 아내도
그 옆자리에 앉히고 나는 뒤에 서서
가족사진이란 걸 찍었다

미장원에 다녀오고 무쓰도 발라 보고
웃는 표정을 짓는다고 지어 보았지만
그만 찡그린 얼굴이 되어 버리고 말았다

떫은 땡감을 씹은 듯

껄쩍지근한 아내의 얼굴

가면을 뒤집어쓴 듯한 나의 얼굴

그것은 결혼 25년 만에

우리가 만든 첫 번째 세상이었다.

# 아름다운 짐승

젊었을 때는 몰랐지
어렸을 때는 더욱 몰랐지
아내가 내 아이를 가졌을 때도
그게 얼마나 훌륭한 일인지 아름다운 일인지
모른 채 지났지
사는 일이 그냥 바쁘고 힘겨워서
뒤를 돌아볼 겨를이 없고 옆을 두리번거릴 짬이 없었지
이제 나이 들어 모자 하나 빌려 쓰고 어정어정
길거리 떠돌 때
모처럼 만나는 애기 밴 여자
커다란 항아리 하나 엎어서 안고 있는 젊은 여자
살아 있는 한 사람이 살아 있는 또 한 사람을
그 뱃속에 품고 있다니!
고마운지고 거룩한지고
꽃봉오리 물고 있는 어느 꽃나무가 이보다도 더 눈물겨우랴
캥거루는 다 큰 새끼도 제 몸속의 주머니에 넣어 가지고 다니며
오래도록 젖을 물려 키운다 그랬지
그렇다면 캥거루는 사람보다 더

아름다운 짐승 아니겠나!

캥거루란 호주의 원주민 말로 난 몰라요란 뜻이랬지

캥거루 캥거루, 난 몰라요

아직도 난 캥거루다.

* 자연이든 인간이든 봄의 세기는 씨 뿌리고 뿌리내리는 일에 영일(寧日)이 없다.
여름 또한 그 씨앗을 잘 받들어 이파리와 줄기로 키울 뿐더러 꽃을 피우고 열매
를 맺는 일에 바쁘다. 그러나 가을이 되면 일단 일손을 멈추고 자신이 이룩한 업
적을 바라보도록 되어 있다. 아, 내 업적이 저토록 왜소하고 초라한 것들이었던
가! 이제 나는 가을의 세기를 넘어 겨울의 세기를 사는 사람이다. 바라보는 것마
다 듣는 것마다 새롭지 않은 것 없고 아름답지 않은 것이 없다. 나에게 세상은 찬
탄의 대상이다. 아, 나는 이제 길거리에서 만나는 애기 밴 여자한테서도 우주의
한 신비와 아름다움을 발견하고 잠시 눈물 글썽이는 노인이 되어가고 있구나. 나
이 들어감의 축복이여! 가득함이여!

# 봄

새들이 보고 있어요
우리 둘이 어깨 비비고
걸어가는 것

꽃들이 웃고 있어요
우리 둘이 눈으로 말하고
이야기하고 있는 것.

# 안쓰러움

오늘 새벽엔 아내가 내 방으로 와
이불 없이 자고 있는 나에게 이불을 덮어 주었다
새우처럼 구부리고 자고 있는 내가
많이 안쓰럽다는 생각을 했을 것이다
잠결에도 그걸 느낄 수 있었다

어제 밤엔 문득 아내 방으로 가
잠든 아내의 발가락을 한동안 들여다보다 돌아왔다
노리끼리한 발바닥 끝에 올망졸망 매달려 있는
작달막한 발가락들이 많이 안쓰럽다는 생각을 해 보았다
아내도 자면서 내 마음을 짐작했을지 모른다

우리는 오래 전부터 다른 방을 쓰고 있다.

# 고욤감나무를 슬퍼함

고욤감나무 한 그루가 베어졌다 올 봄의 일이다
해마다 봄이면 새하얀 감꽃을 일구고
가을이면 또 밤톨보다도 작고 새까만 고욤감들을
다닥다닥 매다는 순종의 조선감나무
아마도 땅주인에게 오랫동안 쓸모 없다
밉게 보였던 모양이다

그러나 나는 이 나무를 안다
30년 가까운 옛날의 모습을 안다
지금 스물여덟인 딸아이
제 엄마 뱃속에 들어 있을 때
공주로 학교를 옮기고 이사할 요량으로 이 집 저 집
빈 방 하나 얻기 위해 다리 아프게 싸돌아 다닐 때
처음 만났던 나무가 이 나무다
빈 방이 있기는 하지만 아이 딸린 나 같은 사람에겐
못 주겠노라 거절당하고 나오면서 민망하고
서러운 이마로 문득 맞닥뜨린 나무가 바로 이 나무다

저나 내나 용케 오래 살아 남았구나
오며 가며 반가운 친구 만나듯
만나곤 했었지 꽤나 오랜 날들이었지

그런데 그만 올 봄엔 무사히 넘기지 못하고
일을 당하고 만 것이다
둥그런 그루터기로만 남아 있을 뿐인 저것은
나무의 일이 아니다
나의 일이고 당신의 일이다

고욤감나무시여
나 홀로 오늘 여기 와 슬퍼하노니
욕스런 목숨을 접고 부디 편히 잠드시라.

# 첫눈

나 아직 철이 없어
첫눈 내리는 날 첫눈 왔다는 핑계로
친구 불러내 소주 한잔 하고
날 어두워서야 집에 들어왔다

옷을 받으며 아내가 조용히
나무라듯 말한다
나, 당신 걱정하는 거 당신도 알지요?

늙은 아내의 말이 첫눈이다
그녀의 마음이 첫눈이다.

# 노

아들이 입대한 뒤로 아내는 새벽마다 남몰래 일어나 비어 있는 아들 방 문 앞에 무릎 꿇고 앉아 몸을 앞뒤로 시계추처럼 흔들며 기도를 한다.

하나님 아버지, 어떻게 주신 아들입니까? 그 아들 비록 어둡고 험한 곳에 놓일지라도 머리털 하나라도 상하지 않도록 주님께서 채금져 주옵소서.

도대체 아내는 하나님한테 미리 빚을 놓아 받을 돈이라도 있다는 것인지, 하나님께서 수금해 주실 일이라도 있다는 것인지 계속해서 채금債金져 달라고만 되풀이 되풀이 기도를 드린다.

딸아이가 고 3이 된 뒤로부터는 또 딸아이 방 문 앞에 가서도 여전히 몸을 앞뒤로 흔들며 똑같은 기도를 드린다.

하나님 아버지, 이미 알고 계시지요? 지금 그 딸 너무나 힘든 공부를 하고 있는 중이오니, 하나님께서 그의 앞길에 등불이 되어 밝혀 주시고 그의 모든 것을 채금져 주옵소서.

우리 네 식구 날마다 놓인 강물이 다를지라도, 그 기도 나룻배의 노櫓가 되어 앞으로인 듯 뒤로인 듯, 흔들리며 나아감을 하나님만 빙긋이 웃으며 내려다보고 계심을, 우리는 오늘도 짐짓 알지 못한 채 하루를 산다.

# 울림

우리 집 괘종시계가
밤 열 시를 울리고 열한 시를 울린다
그 조용한 울림 속에 잠이 든다
그렇게 30년이 하루같이 흘렀다

안방 침대 위에서 아내가
나직나직 코를 골며 자고 있다
아내의 코 고는 소리에 이끌려
나는 더욱 깊은 잠의 골짜기로 빠진다
그렇게 30년이 한 시간같이 사라졌다

내일도 아침, 괘종시계가
또 다시 나직한 목소리로
일곱 시라고 속삭여 줄 때
아내와 나는 잠에서
깨어날 것이다.

# 친구

오후도 늦은 시각
혼자서 산에 간다면서
화장은 무슨 화장?

삭정가지에게 소나무에게
바람에게 보여 주려고 그래요
그들이 내 좋은 친구거든요

나이 들어서도 도무지
철들지 못하는 아내가
문득 귀엽다.

# 무인도

바다에 가서 며칠
섬을 보고 왔더니
아내가 섬이 되어 있었다
섬 가운데서도
무인도가 되어 있었다.

# 그리운 시절

동강 옆에 초막을 짓고 살았다

주일날 아내는 빨래를 해
자갈돌 위에 널곤 했다
개나리꽃 피는 봄이면 겨우내
묵혀 두었던 슬픔과 추위를
방망이로 두들겨 패곤 했다
돈이 없을 때는 구멍가게에 가
외상으로 비누를 사다 쓰기도 했다
빨래를 하는 아내 옆에서 아직
아기가 없는 아내의 어린아이처럼 놀면서
햇빛이 눈물이라는 것을 안 것도
그 시절이었다

지나고 보니 모두가 그리운 일이었다.

# 삼동

어린
딸아이
입다 물린 옷
입고
행복한
아내.

# 병원놀이 중

하루는 아내가 환자가 되고
내가 보호자 노릇을 하고
또 하루는 내가 환자가 되고
아내가 보호자 노릇을 한다
돌아오는 길에 짬이 나면 길거리
벤치에 앉아 바쁘게
흘러가는 사람들이며
차들을 구경한다
버스에서 내려서는
도넛도 한 개씩 사서 먹으며
마주 보고 빙긋 웃기도 한다

우리는 지금 병원놀이 중이다.

# 찌개

아내 따라 시장길
아내의 단골 생선 가게 앞을 지나노라면
물 좋은 고등어
큰놈부터 차례로 한 개의 요를 깔고
나란히 누워 멀뚱멀뚱 어안이 벙벙한
어안魚眼들
아랫목에서부터 윗목으로 작은놈부터
차례로 누워
쉽게 잠들지 못하는 고등어네 일가
한 채의 이불 속에 발을 묻고
제일 윗목에 제일 씩씩하신 우리 아버지
그 옆에 어머니
그 사이에 낀 막내둥이
물이 좋아요 맛이 있을 거예요
기왕이면 큰놈으로 두 놈 사다가
제일 작은 녀석은 덤으로 끼워서
아내는 냄비에 생선찌개를 끓인다
아버지를 끓인다

어머니를 끓인다
막내둥이도 끓인다.

# 식탁

아내는 아침 식탁에까지 오른 먼지개미를
손가락 끝으로 이까려 죽이고 있다
일렬로 걸어가는 개미를 일렬로 죽이고 있다
애들 보고 우리 집 개미 얘기했더니 애들은
우리 집이 곤충의 왕국이래
중 3짜리 딸아이가 무심히 쫑알거린다
나는 절대로 개미는 안 죽여
개미가 얼마나 불쌍하다구
개미는 걸어가면서 자기 몸에서 페르몬이라고 하는
물질을 내어 그걸 바르면서 가는데
그게 휘발성이 강해서 쉽게 증발이 된대
그래서 개미들은 일렬로 다니기를 좋아하지만
자칫 대열에서 떨어져 길을 잃기도 한대
개미들이 얼마나 불쌍해
고 3짜리 아들 녀석이 장황하고 현학적인 설명을 늘어놓는다
그러나 아내는 여전히 개미를 죽이고 있다
아내의 손가락 끝에서 순식간에 쓰레기가 되는
먼지개미들의 목숨

나는 가족들 몰래 한 마리 개미가 된다

창밖의 단풍나무가 오늘 따라 핏빛이다.

# 썩은 시인

이팝나무 꽃 새하얀 골에
쓰러져 우는 달빛 같은 시
손이 시리면서
가슴이 쓰려오면서
여릿여릿 물결쳐 오는 안개비 같은 시를
쓰고 싶다고 말하는 나를 보고
아내는 느닷없이 당신은
썩은 시인이라고
썩었어도 속이 곯을 대로 곯아 버린
시인이라고 말한다

그야 그렇지
속이 썩어서 곯아 버려야
새싹도 나고 새 꽃 이파리도
솟아나게 할 것이 아니겠는가

그 왜 잘 썩고 곰삭은 연못일수록
연꽃도 어여쁜 연꽃을 피워 올린다는
말씀이 있지 않던가.

# 장백산 제일온천

일행들 온천욕 하러 가자길래
쭈뼛쭈뼛 따라나선 온천탕

백두산 아래 비룡폭포 아래
길바닥으로 흘러 넘치는 노천온천에
홈통을 대어 만들어 놓은
허술한 온천탕

중국인한테는 이십 원(우리 돈 이천 원)을 받고
관광 온 한국인한테는 삼십 원 받는다는데
중국 돈이 없어 유에스 달라 사 불을 주고
다녀 나왔더니
그럴 수 없이 가뿐하고 상쾌한 마음

역시 잘했구나 싶고
장백산 제일온천 간판이
그럴 듯하다 싶지만
집에 두고 온 아내
모처럼 생각

이 온천물 관절염에 특효라는데
오랫동안 관절염으로 고생하는 아내와
함께 오지 못해 미안한 마음.

# 나는 파리에 가서도 향수를 사지 않았다

가는 곳마다 나는
사진을 찍고
그림엽서를 사고
조그만 기념품을 사서 모았지만
향수의 나라
프랑스 파리에 가서만은
향수를 사지 않았다
향수를 살 만한 돈이 없어서가 아니라
내가 향수를 싫어하기 때문이다
아내에게서 나는
비릿한 풀 내음
딸아이한테서 나는
향긋한 풀꽃 내음
그걸 향수로 지울 까닭이
없어서였다
내 아내에게서 내 아내의 냄새가 나지 않으면
그녀가 어찌 내 아내일 수 있으며
내 딸아이에게서 내 딸아이의 냄새가 나지 않으면

그 아이가 어찌 내 딸아이일 수 있겠는가
나는 향수의 나라
프랑스 파리에 가서도
향수를 사지 않았다.

# 기도

내가 외로운 사람이라면
나보다 더 외로운 사람을
생각하게 하여 주옵소서

내가 추운 사람이라면
나보다 더 추운 사람을
생각하게 하여 주옵소서

내가 가난한 사람이라면
나보다 더 가난한 사람을
생각하게 하여 주옵소서

더욱이나 내가 비천한 사람이라면
나보다 더 비천한 사람을
생각하게 하여 주옵소서

그리하여 때때로
스스로 묻고
스스로 대답하게 하여 주옵소서

나는 지금 어디에 와 있는가?
나는 지금 어디로 향해 가고 있는가?
나는 지금 무엇을 보고 있는가?
나는 지금 무엇을 꿈꾸고 있는가?

# 약혼

몰라보게 이뻐진 걸 보니
뭐 좋은 일이라도 있느냐구요?
그래요, 저 오는 일요일
약혼이란 걸 하기로 했어요

그 사람은 서울 사람
선생님보다 키는 크지만 나이는 같은 서른,
중매예요
좋은 데도 없고 내세울 것도 없는 사람이지만
차차 좋아질 거예요

제 눈에 이슬 같은 것이 어렸다구요?
창밖에 내리는 비 때문이겠지요

아내는
남편의 문패 뒤에서 남편의 얼굴 뒤에서
출근 가방 뒤에서 밥상머리에서 월급봉투 뒤에서
조용히 웃으며 숨어 사는 여자의 이름

아내는
불 켜진 장지문에 드리워진
밤목련 한 떨기
그 그윽한 내음의 이름

자 이젠 됐어요
이만 우리 나가요
오늘은 찻값 제가 내겠어요
그러면 안녕히.

# 대천 해수욕장

좋은 세월 다 까먹고
무엇 하러 왔나?
늙은 아내랑 함께
빈손 털고
철늦은 햇빛이 좋아서
왔지
가을바람 좋아서
왔지.

3부

# 행복

1
딸아이의 머리를 빗겨 주는
뚱뚱한 아내를 바라볼 때
잠시 나는 행복하다
저의 엄마에게 긴 머리를 통째로 맡긴 채
반쯤 입을 벌리고
반쯤은 눈을 감고
꿈꾸는 듯 귀여운 작은 숙녀
딸아이를 바라볼 때
나는 잠시 더 행복하다.

2

학교 가는 딸아이

배웅하러 손잡고 골목길 가는

아내의 뒤를 따라가면서

꼭 식모 아줌마가

주인댁 아가씨 모시고 가는 것 같애

놀려 주면서

나는 조금 행복해진다

딸아이 손을 바꿔 잡고 가는 나를

아내가 뒤따라 오면서

꼭 머슴 아저씨가

주인댁 아가씨 모시고 가는 것 같애

놀림을 당하면서

나는 조금 더 행복해진다.

# 비 오는 아침

팔랑팔랑
노랑나비 한 마리
춤을 추며
날아갑니다.

살랑살랑
노랑 팬지꽃 한 송이
노래하며
걸어갑니다.

우리집 딸아이
노랑 우산 받쳐들고 가는
아침 학교길.

옷 벗고 치운 봄날
비 오는 아침.

# 애기호박

우리집 좁은 뜨락 한 귀퉁이 한 뼘 흙을 헤쳐
아내가 심은 몇 포기 호박
아침마다 우리 집 네 식구
밤사이에 눈 요강 속 오줌 받아먹고
잘도 자라 칙간채를 기어올라가
구름덩이 같은 이파리를 피우더니만
주렁주렁 애기호박을 잘도 매달게 되었다
우리가 반찬으로 먹고서도 남을 만큼
애기호박이 많이 열리자 아내는
애기호박들을 따서 평소 마음 빚진
이웃 아낙들에게 돌린다
허 참, 그것도 적덕은 적덕이요
빚 갚음은 빚 갚음이렷다!

# 아내 • 2

호박꽃 얼굴 병든 풀 대궁
내가 지켜야 할 무너진 왕국.

# 아내 • 1

새각시
새각시 때
당신에게서는
이름 모를
풀꽃 향기가
번지곤 했습니다
그럴 때마다 나는
당신도 모르게
눈을 감곤 했지요

그건 아직도
그렇습니다.

# 민애의 노래책

## 1. 아기 해님

하루 세상
구경 다 했다고
너울너울
나뭇잎새 사이
손을 흔들며
집 찾아 가는 아기 해님.

달이 뜨면 무서워
별이 뜨면 무서워
얘들아 내일 다시 만나
재밌게 놀자,
엄마가 찾으러 오기 전에
산 넘어 가는 아기 해님.

2. 저녁때

날 저문
골목 어귀
나뭇잎 하나
굴러간다.

잎새야
잎새야
너의 집은 어디냐?

바람 부는
마을 어귀
아이 하나
울고 간다.

아이야
아이야
너의 엄마 어딨니?

3. 민애의 노래책

민애의 노래책엔
나쁜 일은 없고
좋은 일만 있다.
— 산토끼 한 마리, 붕어 한 마리, 귤 한 개.

민애의 노래책엔
심심한 일은 없고
신나는 일만 있다.
— 세발자전거 타고 노는 엄마와 아빠와 오빠.

민애의 노래책엔
슬픈 일은 없고
즐거운 일만 있다.
— 숨바꼭질하는 해님과 달님과 별님.

민애의 노래책엔

미운 것은 없고

이쁜 것만 있다.

— 색종이로 만든 나라, 그 나라의 왕자님.

# 비애집

### 1

세 번째 개복 수술 받으러 가기 전 날
여름옷을 챙겨 넣고
가을 옷을 꺼내 놓는 아내
그 옆에서 아무 것도 모른 채
웃으며 떠들며 노는 두 아이
어느새 우리에게도 뼈끝 시린
가을이 왔음인가,
기 피고 한 번 살아보지도 못하고
저 두 눈 새까만 어린 것들을 어찌하고…….

### 2

자다 보면 옆자리가 비었다
아내는 새벽 교회에 나갔나 보다
자기 하나님 만나 매달리며 울러 갔나 보다
비어 있는 베개여, 눈물에 젖은 베갯잇이여.

3
약과 함께 병과 함께
평생을 사는 아내
여보, 당신은 세상에
앓러 왔나 보오

크고 작은 수술을
수없이 받으며 사는 아내
여보, 당신은 세상에
수술을 받으러 왔나 보오

아닌 게 아니라 여보,
우리는 세상에
망가지러 왔나 보오.

4
봄엔 큰아이가 아파
한 보름 병원 신셀 지더니

가을엔 또 아내가
수술할 차례라 한다
다음엔 또 무슨 일이 있어질까?
더럭 겁이 난다
'가정'이라는
이 조그만 울타리 하나
지키고 꾸려나가기에도
전전긍긍, 나는 힘이 부친다
하긴, 작은 나의 잔에
넘쳐나는 부분을
이런 식으로
거두어가시는지
그도 모를 일이리.

5
기도의 시간은 술 취한 시간
어쩔 줄 몰라 눈 감는 시간
기도의 시간은 꿈꾸는 시간

어쩔 줄 몰라 눈 감는 시간.


6
병원에 있는 아내 퇴원하면
가을이라도 맑은 가을날,
땅 위의 모든 사람과 모든 살아 있는 것들의
영혼의 그림자까지도 비칠 것 같은
가을 하늘 아래에서의 맑은 날,

새 신발 사서 신기고
새 옷 사서 입히고
꽃이라도 한아름 예쁜 꽃으로 사서 안겨서
전라도라 전주땅, 풍남문 근처
비빔밥과 콩나물국밥으로 이름난 한일관
남도 제일의 새 입맛 찾아
비빔밥이나 콩나물국밥 한 그릇
사서 먹고 돌아오리

강원도라 대관령 아흔아홉 굽이

돌고 돌아 이성선李聖善 시인이 사는 속초 땅

나 혼자만 보고 와 미안했던

맑고 푸른 동해 물결 보여주리

오징어 비린내 바다 비린내 사람 비린내

허옇게 이빨 드러내놓고 속살 드러내놓고

허옇게 웃는 파도 소리 물소리 모래 소리 들려주리

오는 길에 단풍에 물든 한계령

못 보고 죽으면 원통하다는 원통골의

이승의 수풀 아닌 것 같은 수풀들 보여주리.


7

앓는 아내와 함께

찾아간

가을

갑사甲寺,

하늘 깊은 우물 속

여린 감나무 가지 끝

달게 익은 산감이여

새삼스레 차거운

골짜기의 물소리여

빛부신 돌자갈밭의

가을볕이여

작년엔

아이들 데리고 왔던 곳,

힘겹게

앓는 아내와 힘겹게

찾아온

가을

감사,

돌계단이여

시든 숲이여

철 지난 풀벌레 소리여.


8

세 번 체모를 깎았다

세 번 수술을,
세 번 죽음의 연습을 했다는 말이다

세 번 체모가 자랐다
세 번 까뭇까뭇,
세 번 생명의 뿌리가 자랐다는 말이다.


9
죽걸랑
하늘에다 묻어달라던
사람,
눈물 씻고 슬픔 씻고
고통 씻고 한숨 씻어서

죽걸랑
바다에다 묻어달라던
사람,
뼈 씻고 땀 씻고

피 씻고 때 씻어서

그래 그래
너 죽걸랑
하늘나라 별 밭에
묻어주마

그래 그래
너 죽걸랑
바다 나라 섬 밭에
묻어주마.

10
수술하고 나서 몇 주일
몸이 좋아져
미장원에도 다녀오고, 일요일
교회 가려고 화장한 아내,
문득 딴 사람을 보는 느낌

내가 아는 사람 아닌 것 같은 착각
눈썹에 색칠하고
입술에 색칠하고
밝게 밝게 웃는 얼굴,
나이도 젊어 뵈고
조금은 서먹서먹 두렵기도 하고
하나님이 몰라보시면 어쩔려구!


11
수술실로 들어가면서
마취되기 전까지
낯모르는 의사 붙들고
나는 어린 새끼들 있으니
꼭 살려줘야 한다고 통사정했다는 아내,
문병 와서 그 소리 듣고
제 자식 생각하며
따라 울었다는 마을 아낙들,
그래 정말 모두들

제 몫으로 사는 목숨 아니고
자식 몫으로 사는 목숨이었더란 말인가?
참 핑계들도 좋았구나 싶어라.


12
오늘 하루
주신 목숨
감사히 살았나이다


내일도 하루
주실 목숨
감사히 살게 해주소서.

# 연약함도 때로는 힘입니다

엊저녁 거친 비바람에
우리 집 두어 평짜리 꽃밭이 그만
망가져 버렸습니다
봄부터 딸아이가 정성스레
심어 가꾼 봉숭아며 분꽃 몇 그루
하도 아까운 마음이 들어
다가가 보니 꽃나무들은
아주 망가져 버린 것이 아니라
나름대로 꾀를 부려 비바람을
피하고 있었습니다
약한 줄기와 뿌리를 드러내고 옆으로 누임으로
살아남을 궁리들을 하고 있었습니다
옆으로 누운 꽃나무들을 일으켜 세우며
나는 알았습니다
연약함도 때로는
크나큰 힘이 될 수 있다는 것을
그대 생각하는 나의 여린 마음 또한
크나큰 힘이 될 수 있다는 것을.

# 제비

지지배배
지지배배

윤이는 오빠
민애는 동생

윤이네 집에 집을 짓자.
민애네 집에 집을 짓자.

# 변방 • 45

셋방살이 신세라서 손바닥만한 뜨락도 없고 하늘도 없고 잔디밭도 없고 물소리도 없는 나는 아내에게 젖먹이를 안기고 큰놈은 걸려서 여름의 더운 해가 기우는 시각을 틈타 사우나탕 속 같은 사글세방을 나와 산모퉁이 마을의 풀밭에 앉아 하늘을 보고 물소리를 듣고 저녁때 집 찾아 하늘을 나는 새떼를 바라본다. 아, 새떼들도 제 집이 있구나, 비록 문패는 붙지 않았고 주민등록증은 없어도 돌아가 쉴 집이 있구나, 서른다섯의 늦은 나이에 두 아이의 애비가 되어서야 비로소 나는 그것을 깨달아본다. 집에서 쫓겨난 사람들마냥 아기 기저귀 가방 하나 들고 공터에 나와 보면 더 넓게 보이는 풀밭, 더 아름답게 열리는 하늘, 더 크게 들리는 물소리가 내 것이 아니래도 좋다. 그럼 나는 큰물이 나도 무너질 축대가 없고 불이 나도 탈 집이 없는 것만 다행으로 알아야 할까? 공터에 나와 보는 더 넓은 하늘과 풀밭과 시원한 물소리만 그저 고마워해야 할까? 풀밭에 이슬이 내릴 때까지 별들이 하늘에 나오고 모기가 피를 빨러 올 때까지 우리 네 식구는 새들이 사라진 하늘을 바라보며 집에 돌아가 평안하게 쉬고 있을 새들을 부러워하며 집으로 돌아가는 시각을 잠시 늦춰 본다.

# 우리 아기 새로 나는 이빨은

우리 아기 새로 나는 이빨은
서투른 농부가 심어 논 논바닥의 허틀모.

누가 허틀모 심어 주더나?
하나님이 허틀모 심어 주셨지.

우리 아기 새로 나는 이빨은
썽글썽글 못생긴 옥수수알.

누가 옥수수알 심어 주더나?
하나님이 옥수수알 심어 주셨지.

# 난초를 가까이 하며

1
추운
겨울을
난초와 함께

눈 속에
옷 벗은
난초와 함께

세상에는
없는 나라
먼먼 그 나라

벗은 팔
벗은 다리
난초와 함께.

2

누군가 날더러
바보 얼간이
미친 녀석이라
욕해도 좋다

한때는 책에 미치고
한때는 여자에 미치고

이제 또 난에 미쳐서
눈코 못 가리는 바보 얼간이
뜬구름잡이라 해도 좋다

누구는 뭐 맨 정신으로 한 세상
산다던가!

조금씩 정도 차이는 있지만
조금씩 상대 차이는 있지만

누구나 조금씩은 미쳐서
한 세상 살다 가는 것을

누군가 날더러
바보 얼간이
미친 녀석이라
손가락질해도 좋다.

3
나는 방안에
난초를 기르는데

아내는 부엌 구석에
통파를 기른다

내가 화분에
정성스레

난초를 기르듯

아내 또한 정성스레
비닐 포대에 흙을 담아
겨우내 양념할
통파를 기른다

실상,
내가 난초를 기르는 거나
아내가 통파를 기르는 거나
소중하기는
마찬가지일 것이다.

# 지구를 한 바퀴

아빠는 일터에 나가고
혼자서 아기 키우는 엄마,

아기를 재워 놓고
기저귀 빨려고
들샘에 가서는
아기 혼자 깨어 우는 소리
귀에 쟁쟁 못이 박혀서
갖추갖추 빨랫감 헹궈 가지고
지구를 한 바퀴 돌아오듯
바쁘게 돌아옵니다.

마늘밭 지나 보리밭 지나
교회 앞마당을 질러옵니다.

# 아기를 재우려다

아기를 재우려고 엄마가 아기를 끼고 누우면

아기의 숨소리가 너무 고와서

아기의 숨결이 너무 향기로와서

엄마는 그만 아기보다 먼저 잠이 들고

아기는 잠든 엄마 곁에서

방글방글 웃고 있다.

엄마가 아기를 재우는 것인지,

아기가 엄마를 재우는 것인지…….

# 메꽃

  마파람이 몹시 불어 미루나무 숲에서 샘물 퍼내는 두레박 소리가 나는 밤, 그때마다 약속이라도 한 듯 청개구리 떼를 지어 목을 놓아 우는 밤에, 애기를 낳지 못하는 아내를 위하여 아내와 함께 울었다. 무엇으로도 부족할 것이 없는 당신이 나 때문에 부족한 사람이 되었으니, 다른 여자 얻어서 애 낳고 살라고, 그렇지만 아주 헤어질 수는 없고 서울에다 전세방 하나 얻어 주고 생활비 대주고 한 달에 두어 번만 찾아와 준다면, 그것으로 자족하고 살아가겠으니 물러나겠노라 앙탈하는 아내를 달래다가, 나도 그만 아내 따라 울고 말았다.

  어디 그게 할 말이나 되냐고, 첫 애기 잘못되어 여러 번 수술하다 보니 그렇게 된 것이지, 어디 그게 당신 죄냐고 차마 그럴 수는 없는 일이라고, 그러느니 차라리 영아원에 가서 아이 하나 데려다 기르며 같이 살자고, 왜 이런 슬픔이 우리 것이어야만 하느냐고, 남들이 듣지 못하게 작은 목소리로 더욱 작은 울음소리로 느껴 울다가 지쳐 잠이 들었다.

자고 일어난 다음날 아침, 흙담을 타고 올라가 메꽃 한 송이 피어 있는 게, 그날따라 아프게 눈에 띄었다. 밤사이 우리 울음을 몰래몰래 훔쳐 먹고 우리 눈물을 가만가만 받아먹고, 꺼질 듯한 한숨으로 발가벗은 황토 흙담 위에 피어서 바람에 날리는 메꽃. 그리고 보니 아내 얼굴 또한 누르띵띵하니 부은 게 메꽃같이 보였다. 하긴 아내 눈에 내 얼굴도 메꽃쯤으로 보였으리라. 메꽃! 너, 버려진 땅 아무 데서나 자라, 하루아침 한때를 분단장하고 피었다가, 이내 시들고 마는 푸새. 담홍빛 슬픔의 찌꺼기여.

# 엄마의 소원

아기가 자라면
엄마는 늙고

엄마는 늙어도
아기는 자라야 하고
엄마의 소원은
아기가 잘 자라는 것뿐…….

# 갈꽃 핀 등성이마다

갈꽃 핀 등성이마다
바람 흩어지고
바람 흩어지는 등성이마다
갱년기의 흰구름.
곱게 늙어 한복 차림이 썩 잘 어울리는
40대의 여인처럼
아이 잘 낳아 주고
살림 잘 해 준 공치사로
자수정 반지까지 하나 얻어서 끼고
그 이마 위에
가늘은 주름살만 가득히
실눈웃음뿐이라네.
얌전하니 치맛자락 사려뜨려 곧추앉아서
실눈웃음뿐이라네.

# 자목련꽃 꽃그늘

자목련꽃 꽃그늘
연한
해으름.

숨을 쉬는 수정 반지
여린
보랏빛.

노루야 암노루야
화냥
노루야,

자목련빛 번지는
연한
목마름.

# 철쭉꽃

아내와 더불어 뜨락에
불붙듯 피어난 철쭉꽃을
바라보고 있노라면
여보, 당신이 차마 그러실 줄은 몰랐어요
철쭉꽃이 된 전생의 내 또 한 아내
본마누라 시앗 보듯 시샘하여 눈흘기며
우리 둘한테 하는
하염없는 핀잔 소리도 들리는
오늘은 다시 맑은 5월 하루 어느 날.
전생의 햇살이 따라와
나무 그늘 아래 곱게 수놓인
5월 하루 그 같은 날.

어느새 나는 두 여자 사이에 끼어
눈치 보느라 어쩔 줄을 몰라 하고
아내 또한 얼굴이 빨개져서
몸 둘 바를 몰라 하네.

# 산철쭉을 캐려고

산철쭉을 캐려고 새벽 아침
이내 자욱한 산길을 오르던 나의 시각에
그대는 단잠에 떨어져 있었을 것이다.
겨우 꿈속에서나
어디론지 가고 있는 나를 짐작해 보고 있었을 것이다.

봄 저수지 잉어 뛰는 소리에
한 귀를 팔면서
산철쭉을 캐가지고 돌아오던 나의 시각에
그대는 겨우 잠에서 깨어
낭랑한 아침 새소리가 되어 있었을 것이다.

또, 내가 잠시 시장한 것도 참으면서
마당의 흙을 후비고
여러 꽃나무 옆에 새 꽃나무를 심고 있던 그 시각에
그대는 이제 세수를 마치고 아침 화장을 하면서
나를 기다리는 이슬이 되어 있었을 것이다.

어쩌면

벼랑 위에 위태로운

한 기도가 되어 있었을 것이다.

# 동국

한참 동안을 멍하니
창밖을 보고 있었다.
잎 진 나뭇가지에 바람이 와
명주 수건처럼 걸리는 걸
보고 있었다.

개나리 빛 한복을 차려 입은 여인이
사뿐사뿐
내 등 뒤로 다가오는 듯……

돌아다보니 문득
개나리 빛 여인은 간데온데없고
노오란 동국冬菊 화분만 하나
거기 있었다.
탐스러운 꽃송이 셋을 달고
나를 훔쳐보며
부끄러운 듯 고개 숙여 거기 있었다.

오오,

버선코가 어여쁜 나의 사람아.

# 겨울 아낙

눈에 덮여 썩은 두엄에 덮여
겨울을 나는 마늘밭같이
종종종 마늘밭 위로 내리는 까투리같이
까투리같이

아낙이여,
초록 저고리 붉은 치마의 그대 마음
흰 버선목보다 더 희고 고운 그대
새댁의 마음이여.

어느 시절엔들
춥고 가난하지 않은 겨울이 있었으며
겨울 없는 봄이 마련될 수나 있었던가!

치켜든 장끼의 울긋불긋 모가지 아래
다소곳이 조아린 까투리같이 까투리같이
그대는 그렇게 있어야 한다.

긴긴 겨울밤을 촛불 밝혀

떨어진 양말 구멍이라도 메우며

그대는 그렇게 있어야 한다.

# 5월

벙그는 목련꽃송이 속에는
아, 아, 아, 아프게 벙그는 목련꽃송이 속에는
어느 핸가 가을 어스름
내가 버린 우레 소리 잠들어 있고
아, 아, 아, 굴뚝 모퉁이 서서 듣던
흰구름 엉켜드는 아픈 소리
깃들어 있고
천 년 전에 이 꽃의 전신前身을 보시던 이,
내게 하시는 말씀도 스며서 있다.

당신이 천 년 전에 생겨나든지
제가 천 년 후에 생겨나든지
둘 중에 하나가 되었다면
얼마나 좋았을까요……

시무룩하게 고개 숙인 옆얼굴까지 속눈썹까지
겹으로 으슥히 스며서 있다.
그늘 아래 샘물로 스며서 있다.

# 홍시

이보
시악시,
백사기 대접에
잘람잘람 잘 익은
가을 하늘을 담아 드리리이까.
떠오르는 보름달을
그대 가슴에
심으리
이까.

# 된장국

어머님.
갑자기 날씨 쌀쌀해진 요즘 며칠
아내가 끓여 주는 뜨뜻한 시래기 된장국 먹으니
어머님 생각납니다.
고향 생각납니다.
고향의 그 나날이 비어 가는 들판이, 길모퉁이가, 언덕이,
당신의 손등처럼 까칠해져 가는 고향의 나무들이 눈에 밟힙니다.
고추밭과 채전밭이, 공동 우물의 맑은 물이 떠오릅니다.

어머님.
올해도 농사는 두루 대풍이고
어머님께서는 고추밭에 매일같이 나가셔서
허리 구부려 저물도록
붉은 고추들을 따고 계신지요.
붉은 고추들을 따서 광우리에 채곡채곡 담고 계신지요.
어머님 굽은 허리 너머로 피어오르는 초가집들의 저녁 연기
집집마다 여전한지요.

어머님.

오늘은 뜨뜻한 시래기 된장국 먹다가

왈칵 눈물이 솟았습니다.

시래기 된장국이 너무 뜨거워서 그런 것만은 아닙니다.

어머님 생각 문득 가슴에 치밀었기 때문입니다.

고향 생각 문득 가슴에 치솟았기 때문입니다.

# 돌계단

네 손을 잡고 돌계단을 오르고 있었지.

돌계단 하나에 석등이 보이고
돌계단 둘에 석탑이 보이고
돌계단 셋에 극락전이 보이고
극락전 뒤에 푸른 산이 다가서고
하늘에는 흰구름이 돛을 달고 마악
떠나가려 하고 있었지.

하늘이 보일 때 이미
돌계단은 끝이 나 있었고
내 손에 이끌려 돌계단을 오르던 너는
이미 내 옆에 없었지.

훌쩍 하늘로 날아가 흰구름이 되어 버린 너!

우리는 모두 흰구름이에요, 흰구름.

육신을 벗고 나면 이렇게 가볍게 빛나는

당신이나 저나 흰구름일 뿐이에요.

너는 하늘 속에서 나를 보며 어서 오라 손짓하며 웃고

나는 너를 따라갈 수 없어 땅에서 울고 있었지.

발을 구르며 땅에 서서 울고만 있었지.

# 봄 통화 중

하늘에다 대고
꽃이 피었느냐고 물으면
하늘 나라에 사시는 그대
아직 철이 일러 피지 않았노라고
기별해 오고,

아무래도 또 궁금하여
인제 정말 꽃이 피었느냐고 재우쳐 물으면
너무 자발 떨지 말고
진득하게 기다려 보는 법이라고
그대는 또 기별해 와서,

이번에는 한참을 꾹 참았다가
다시금 물어 보니
아이구 나도 깜박 잊었는데
그동안 그만 꽃이 피었다 졌노라고
대답해 오는 그대의 말씀 아니신가!

그래,

영영 꽃 피었다는 소식은 듣지 못하고

이제 조금만 있으면 필 게라는

벌써 꽃은 피었다 졌노라는

그러한 섭섭한 소식만으로 이어진다,

나의 이 봄 통화 중.

# 간호

새벽이면 자주 깨어 떨이하는 그대여,
새벽이면 자주 깨어 헛소리하는 그대여,
내 그대 옆 그대의 일등 보호자 자격으로 누워 있대손
대신 앓아 주지 못하는 안타까움만으로 애태워 본대손

어찌 그대가 지금 헤매고 있는
사하라 사막의 한낮이나 광막한 초원의 달밤 같은
아마존 하류의 늪지대나 아프리카의 밀림 속 같은
아득한 아득한 그대의 꿈길을
성한 내가 어찌 따라갈 수 있을 것인가?

다만 그대는 지금 죽어가는 연습을 하고 있고
나는
죽어가는 그대 옆에서 그대의 이름이나 부르고 있거나
시들어져 가는 그대의 뿌리에 물이나 뿌리고 있을 뿐,
그저 한 구경꾼이 아니던가 아니던가.

# 자는 여자

자는 여자는 이뻐라.
다리 놓고 가슴 놓고
잠든 여자는 이뻐라.

눈 감아 눈썹 감아
세상에는 없는 것 보며
아무렇게나 흩어진 머리카락,
잠든 눈썹은 고와라.

버려진 샘물은 깊고도 달아
끝내 놓친 입술은 슬퍼라.

# 석류꽃

이 꽃은
예로부터 고요하고 아름다운 동방의 나라
아침 이슬 냄새가 묻어나는 꽃.

이 꽃은
이 땅에 대대로 생겨나서
발뒤꿈치가 달걀처럼 이쁜 새댁들의
웃음소리가 들어 있는 꽃.

허물어진 돌덤불 가에 장독대 옆에
하늘나라의 촛불인 양 피어 선연히
그 며느리들을 대대로 내려가며
투기하는 이 땅의 시어머니들의
한숨 소리도 들어 있는 꽃.

앞으로도 이 땅에서
끊이지 않고 생겨나서
발뒤꿈치가 달걀처럼 이쁠 새댁들의
웃음소리가 연이어 들어 있을 꽃.
연이어 들어 있을 꽃.

# 새각시 구름

시방은 창밖에 흰구름의 화장이
한창 신나는 하오 한때,

속눈썹 그리고
연둣빛 아이라인 그리고
옷고름 여미었다 다시 풀고
거울을 보고……

돌아서 계시라 하였잖아요?
들켜 버린 부끄러움에 얼굴이 빨개져서
너무나 찬란한 당신의 눈매,
어지러워 어지러워 어지러워
햇빛 속에 살아 반짝이는 작은 비늘잎 하나!

흰 고무신 신겨 흰 버선 신겨
친정 보낼까, 새각시 구름.

# 귀로

대숲에는
근친觀親 갔다 돌아오는
새색시
사박걸음,

비단 치맛자락
슬리는 소리……

사람 없는 비인 산길에서
때 안 탄 노을만
고왔다, 내내.

문득
영근 풀씨처럼 쏟아지는
저녁 새소리…….

# 초 행

뛰는 새가슴.
울렁임은 바다만큼.

눈과 얼음에 막힌
산악과 강하江河의 융동隆冬으로도
끝내 다스리지 못하는
그 바죄임.
그 설레임.

안행雁行을 앞세울까,
바람을 앞세울까,

새각시
달로 별러 날을 잡아
첫 친정 가는 길.

벙긋이 가슴엔
초저녁달이
톺아오른다.

**부록**

아내, 김성예의 글

# 붕어빵

– 손자 어진이랑 놀며

6학년 학생이 안경을 쓰고
세 발짝을 걸어서
붕어가 됐다네!

# 연

연아 반갑다

5월이 가는 줄도
모르고 살았는데
여름이 오는 것을
연이 알려 주네.

# '비단강'을 첫 글자 운으로

비 오는 새벽녘에 잠 설쳐 깨어 보니
단숨에 그 님 생각 내 마음 감당 못해
강한 맘 움켜쥐고서 달려가네 님께로.

* 미국 캘리포니아 주 빅베어 산장 글마루문학회 시조 짓기 대회 차상(김호길 선)

# 영산홍

너는 어찌 그렇게
예쁘게 피어
나를 황홀하게 하니?

혼자 보기 너무 아깝다.

* 여보, 바로 그거에요. 그게 바로 시예요. 영산홍을 어찌 사람이 표현할 수 있겠
어요? 영산홍은 영산홍으로밖에는 표현할 수 없어요. 다만 사람은 그 느낌만 받
아 쓸 수밖에 없어요. 느낌의 받아쓰기. 바로 그게 시예요. 참 잘 썼어요. 몇 점 줄
까? 한 70점 정도 줄까요?

# 우리 남편

어디 갔느냐구요?
우리 남편은 아주 바쁜 사람이에요
시 주우러 갔어요

어디로 갔느냐구요?
잘 모르겠지만요
어제는 갑사 쪽
오늘은 논산 쪽이래나 봐요

꼬치꼬치 물으면 안 돼요
그걸 나는 잘 알아요
배낭 메고 자전거 타고 신나게
뒤도 돌아보지 않고 갔어요

메고 간 배낭 가득 시를 담아

가지고 돌아올 거예요

그건 분명해요.

# 시인 아내의 기도

시인은 중증 환자. 치유할 수 없는 안타까운 중증 환자. 고쳐 주실 분은 오직 하나님뿐. 시 쓰는 남편과 40년을 살면서 무시로 하루도 빠짐없이 하루의 시작 시간에도 끝 시간에도 중간 시간에도 제일 먼저 남편을 위해 기도했는데 남편이 시 때문에 아파서 괴로워할 때는 무어라 말할 수 없이 따라서 아프고 괴로웠습니다. 때로는 내려놓으라고 말하고 미워도 해 보지만 뒷모습을 볼 때는 뭐라 표현할까요, 머리가 아프고 열이 오릅니다. 계란찜을 할 때 물을 붓고 계란을 막 돌리는 것 같고 시계 바늘이 돌아가다가 반대 방향으로 가는 것처럼 어지럽습니다.

항상 안타깝게 남편을 바라봅니다. 한 뼘밖에 안 되는 얼굴을 아침에 밖으로 나갈 때 관찰하면서 특히 저녁때 집에 돌아올 때는 그 얼굴을 살피면서 무딘 척 생각하지만 내 가슴에는 언제나 요동이 치곤 합니다. 저녁밥을 차려야 하는 데도 메식메식하고 출렁출렁 파도같이 됩니다. 남편은 글이나 쓰지만 저는 바라보는 입장에서 부초같이 떠다니며 살았습니다. 제가 글을 쓸 줄 아는 사람이라면 아주 멋진 시를 한 편 남편 대신 쓰고 싶습니다.

하나님. 제가 말로는 내려놓으라고 하지만 그가 내려놓을 것

같지는 않고 제 솔직한 심정은 그를 차고 넘치도록 축복해 주셨으면 합니다. 여태까지 달라고만 말씀드려 죄송해서 남편의 마음을 내려놓는 길로 고쳐 주십사 말씀드리지만 아무래도 그것은 안 될 것 같고 염치없지만 차고 넘치도록 조금만 더 그를 축복해 주시면 안 될까 생각해 봅니다.

저희는 오늘을 어제같이, 내일을 오늘같이 여기며 살아갑니다. 입으로는 잠시 왔다 가는 여행길이라 그러면서도 인생이란 여행이 영영 끝나지 않을 것처럼 살아갑니다. 저는 이 세상 여행이 끝나기 전에 이 세상이 참 좋았다고 하나님께 고백할 수 있도록 살고 싶습니다. 남편이 기쁘고 행복하면 저는 하나 더 하고 절반 가까이 기쁘고 행복합니다. 요동치는 파도 같은 것이 잔잔히 내려앉고 마음에 평안이 옵니다. 40년을 넘게 그렇게 살았습니다.

하나님. 미천한 저희 가정을 시마다 때마다 채워 주시고 축복해 주시고 6년 전에도 저희 남편 사흘만, 한 달만 살아남게 해주십사 다급한 마음으로 기도했는데 벌써 6년 동안이나 남편과 함께할 수 있게 도와 주시고 같이 밥 먹고 교회 가고 얘기도 하게 해 주신 것 감사드립니다. 저는 때때로 감사한 마음을 많이 느낍니다. 길을 가면서도 감사하고 길가의 꽃들을 보면서도 감사합니다. 어쩔 때는 혼자서 교회에 나왔으면 어땠을까 생각하면서 감사를 드리기도 합니다.

하나님. 우선적으로 남편의 마음의 병을 고쳐 주시기를 바랍니다. 글 쓰는 사람들은 좋은 글을 써서 다른 사람들을 위로해 주고 기쁘게 해 주지만 정작 본인은 잠시만 기쁘고 너무나 괴로워하고 아파하니 바라보는 사람이 오히려 더 괴롭고 마음이 아픕니다. 주님께서 대신해서 그를 위로해 주시고 갚아 주셨으면 합니다. 우리 남편 요즘 마음으로 힘들었는데 주님께서 감싸 주시고 붙들어 주시고 축복해 주셨으면 합니다. 저희 둘이서 이렇게 기쁠 때나 그렇지 않을 때나 엎드려 기도할 수 있는 믿음 주심을 감사드립니다.

저는 오직 아무런 힘도 없습니다. 내려놓는다고는 하지만 그렇게 하지는 않을 것 같고 저를 봐서라도 그의 마음속에 바라는 것 주님께서 흔들어 채워 축복해 주옵소서. 그러므로 한 사람이라도 더 마음을 위로받을 수 있는 좋은 작품을 세상 다하는 날까지 창작할 수 있게 도와 주옵소서. 한마디로 이 중증 환자를 주님께 맡기오니 주님께서 받아서 치료해 주실 것을 간절히 빌고

소원합니다.

　그러나 저는 내려놓지 않겠습니다, 남편을 위해서. 남편이 건강해져야 저도 건강해집니다. 또 하나님의 뜻이 어디에 계신지 모릅니다. 이렇게 힘든 다음에는, 저녁이 되면 꼭 아침이 있고 천둥 번개가 있으면 언제 그랬느냐는 듯 햇빛을 주시는 하나님. 저는 믿습니다. 아버지 도와 주세요. 붙들어 주세요. 함께 해주실 것을 간절히 믿고 기도 드립니다. 아멘.

約婚記念

# 울지 마라 아내여

초판 1쇄 발행  2014년 2월 13일
초판 2쇄 발행  2020년 6월 17일
지은이  나태주
펴낸이  김선기
펴낸곳  (주)푸른길
출판등록  1996년 4월 12일 제16-1292호
주소  (08377) 서울시 구로구 디지털로 33길 48 대륭포스트타워 7차 1008호
전화  02-523-2907, 6942-9570-2
팩스  02-523-2951
이메일  purungilbook@naver.com
홈페이지  www.purungil.co.kr

ISBN 978-89-6291-249-4  03810

*이 도서의 국립중앙도서관 출판시도서목록(CIP)은 서지정보유통지원시스템
홈페이지(http://seoji.nl.go.kr)와 국가자료공동목록시스템(http://www.nl.go.kr/
kolisnet)에서 이용하실 수 있습니다.(CIP제어번호: CIP2014002840)